JN010128

COLETTE AND THE PRINCESS
by Louis Slobodkin
Illustration copyright©1965 by TAMARA SLOBODKIN
Japanese translation rights arranged with TAMARA SLOBODKIN
through Japan UNI Agency, Inc., Tokyo

コレットとわがまま王《おう》女《じょ》

と　わがまま王《おう》女《じょ》

ルイス・スロボドキン＝作　小宮 由＝訳

コレット

王女《おうじょ》さまときくと、みなさんは、どんな人《ひと》をおもいうかべますか？

金色《きんいろ》の長《なが》い髪《かみ》、小《ちい》さい鼻《はな》、あまくてやさしい声《こえ》など、うつくしくて、かれんな女《おんな》の子《こ》をそうぞうするかもしれません。でも、王女《おうじょ》さまのみんなが、そうではありませんでした。なかにはクリームタルトをガツガツ食《た》べ、髪《かみ》には白髪《しらが》がまじり、鼻《はな》は赤《あか》くて丸《まる》く、声《こえ》は大《おお》きくてガラガラ、なんていう、もうおとなになった王女《おうじょ》さまもいたのです。

そして、ポーリーン王女《おうじょ》も、そんな王女《おうじょ》さまでした。

ポーリーン王女《おうじょ》は、おばさんで、ふとっていて、かつらの下《した》の髪《かみ》の毛《け》には、すっかり白髪《しらが》がまじっていました（この国《くに》では、えらい人《ひと》はみな、かつらをかぶっているのです）。

そして、どんなにひいき目《め》で見《み》ても、ポーリーン王女《おうじょ》をうつくしい……という人《ひと》はいませんでしたし、ポーリーン王女《おうじょ》のはなしぶりが、やさしくておだやかだ……という人《ひと》もいませんでした。

そんなポーリーン王女《おうじょ》は、いま、おちこんでいました。のどがいたくて、いらいらしていたのです（そうでなくても、しょっちゅういらいらしていましたが）。

それで、まわりのめしつかいたちに、やつあたりをしていました。

宮廷《きゅうてい》付《づ》きの医者《いしゃ》は、ポーリーン王女《おうじょ》のみゃくをはかり、舌《した》をかんさつすると、いいました。

「おそれながらもうしあげます。王女《おうじょ》さまは、すこし休養《きゅうよう》なさるべきです。南《みなみ》フランスの山《やま》あいの町《まち》、グラースへいかれてはいかがでしょう。とにかく、しずかな場所《ばしょ》で休《やす》まれることが、なによりたいせつでございます。雑音《ざつおん》ひとつないしずかなところです。そして、そこで四時間《よじかん》おきに、このピンク色《いろ》のあまいお薬《くすり》をのんでください」

そして、医者《いしゃ》は、薬《くすり》がはいったカバンをパチンとしめると、つぎの患者《かんじゃ》のもとへいってしまいました。

つぎの患者《かんじゃ》は、アルノ公爵《こうしゃく》のおくがたさまで、けさ、とても大《おお》きなモモをまるかじりしたとき、まちがって右手《みぎて》の小指《こゆび》までかんでしまったのです。

さて、このしらせをきいたグラースの人《ひと》たちは、ポーリーン王女《おうじょ》をむかえるじゅんびで、大《おお》わらわになりました。なんでも、ポーリーン王女《おうじょ》は、雑音《ざつおん》ひとつないしずかなところをもとめていらっしゃる、というのです。

グラースの町長《ちょうちょう》は、町《まち》の広場《ひろば》で、このことをつたえ、町《まち》をしずかにするために、あたらしい法律《ほうりつ》をつくりました。そして、ポーリーン王女《おうじょ》が滞在《たいざい》しているあいだ、その法律《ほうりつ》にしたがってほしいと、みんなにおねがいしました。

そこでグラースの人《ひと》たちは、さっそく町長《ちょうちょう》のいうとおりにしました。

まず、道《みち》がバタバタ、コツコツならないように、みんなは、ブーツや木《き》ぐつの上《うえ》から、やわらかい羊毛《ようもう》のスリッパをはきました。

それから、馬《うま》やロバのてい鉄《てつ》に、わらのたばをまきました。牛《うし》のくびから、ベルがはずされ、すべての家《いえ》のげんかんのノッカーは、はずされるか、音《おと》が出《で》ないようにぬのでまかれました。

さらに、すべてのまどやドアのちょうつがい、やねの上《うえ》のかざみどり、荷車《にぐるま》のタイヤなどには、油《あぶら》がさされ、キーキーと、音《おと》が出《で》ないようにしました。

魚《さかな》や牛乳《ぎゅうにゅう》などのもの売《う》りたちは、市《いち》や通《とお》りで、声《こえ》を出《だ》して客《きゃく》よせをしてはいけないことになりました。

もちろん、かじ屋《や》は、鉄《てつ》をたたくのをやめ、大工《だいく》は、とんかちでくぎをうつのをやめました。パン屋《や》は、生地《きじ》をバシンバシンとこねるのをやめ、くつ屋《や》は、くつぞこをたたくのをやめました。ろうそく作《づく》りの職人《しょくにん》さえ、ろうがたれる音《おと》をしんぱいして、ろうそくに火《ひ》をつけるのをやめました。

それから、町《まち》の教会《きょうかい》や学校《がっこう》の鐘《かね》もならなくなり、子《こ》どもたちは、通《とお》りやかべに、ボールをはずませて、あそぶこともできなくなりました。

犬《いぬ》がワンワン、ねこがニャーニャーと、なかないように、口《くち》にマスクをつけさせ、馬《うま》がヒヒーン、ロバがバーバーと、なかないように、口《くち》にあさぶくろをつけさせました。

そうして、とうとう、ポーリーン王女《おうじょ》がくるまえの日《ひ》には、グラースの町《まち》は、かんぜんなるしずけさでおおわれました。

グラースの人《ひと》たちは、このしずかにするというあたらしい法律《ほうりつ》をちゃんとまもったのです。ただ一人《ひとり》をのぞいて。

その人《ひと》とは、こともあろうに、町長《ちょうちょう》のおくさんでした！

「あなた！　どうやったら、音《おと》もなくしずかに料理《りょうり》ができるっていうんです？」

その日《ひ》のばんごはんのとき、町長《ちょうちょう》のおくさんは、町長《ちょうちょう》に声《こえ》をはりあげました。「シチューのたまねぎをきざむのに、どうしたって、音《おと》が出《で》るじゃありませんか！」

「たまねぎは、しずかに、やさしく、おしつぶしておくれ」と、町長《ちょうちょう》はささやくようにいいました。「それと、どうか、そんな大《おお》きな声《こえ》を出《だ》さんでくれ。もっと小声《こごえ》でたのむ」

「それに、スープにいれるやさいをきるのにだって、どうしたって、音《おと》は出《で》ます！」町長《ちょうちょう》のおくさんは、かまわずまくしたてました。

「スープにいれるやさいは、きらずにまるごと煮《に》こんでおくれ」

「じゃあ、ハーブは？　お料理《りょうり》のあじつけをするのに、どうしたって、ハーブをたたいてつぶさなきゃなりません！」

「ポーリーン王女《おうじょ》がこられているあいだは、料理《りょうり》にハーブをつかわんでいい。それと、どうか、はなすときは、しずかに、ささやくように、たのむ」

「なにいってるんです？」町長《ちょうちょう》のおくさんは、小声《こごえ》でも、鼻《はな》いきあらくいいました。

「お料理《りょうり》にハーブなし？　スープにやさいをまるごと？　たまねぎは、しずかにやさしくおしつぶせ？　そんなもの、たまったもんじゃありません！」

「あぁ、そうだね……。そうではあるのだが……」と、町長《ちょうちょう》はささやきました。「ただ、それが、あたらしい法律《ほうりつ》なのだよ」

町長《ちょうちょう》とおくさんには、コレットという名《な》まえの、ひとりむすめがいました。そのとき、コレットは、しずかにスープをすすっていました。コレットは、これまで、ほんものの王女《おうじょ》を見《み》たことがなかったので、ポーリーン王女《おうじょ》がやってくることをたのしみにしていました。たのしみすぎて、まだ見《み》ぬ王女《おうじょ》のゆめを見《み》たくらいです。

ここ二《に》、三日《さんにち》のあいだ、コレットは、自分《じぶん》の木《き》ぐつの上《うえ》からはけるような、やわらかい毛糸《けいと》のくつしたをあんでいました（コレットは、七《なな》さいですが、もっと小《ちい》さいころから、あみものをならっていたのです）。それと、コレットのペットである、こねこのシュシュのために、小《ちい》さなマスクもあみました。

ただ、シュシュは、マスクをつけるのをいやがり、なんども、まえあしではずそうとしました。でも、コレットが、ピンクのリボンでしっかりむすんでしまったのでシュシュは、マスクをはずすことができませんでした。コレットは、もともとおとなしい子《こ》なので、こんどのあたらしい法律《ほうりつ》にしたがうことは、かんたんなことでした。ですが、おかあさんにとったら、とてもむずかしいことだろうな、とおもっていました。

コレットのおかあさん、すなわち、町長《ちょうちょう》のおくさんは、グラースの町《まち》で一《いち》ばんの料理人《りょうりにん》でした。いつも、あかるくようきに、料理《りょうり》をするのが大《だい》すきなのです。たとえば、じまんのシチューをつくるときなんかは、なべやフライパンやほうちょうを、カチャカチャ、カンカン、タタタンタン！　と、けいきよくならしながら料理《りょうり》をします。そして、そのさわがしくきりきざんだやさいたちをなべにいれ、ひみつの調味料《ちょうみりょう》をパラパラと、ふりかけると、なべを火《ひ》にかけます。すると、しだいに、台所《だいどころ》がおいしそうなシチューのにおいでいっぱいになり、そんななか、町長《ちょうちょう》のおくさんは、大《おお》きな声《こえ》でようきに歌《うた》をうたいながら、つかったほうちょうやスプーンやボウルをあらうのです。

なので、コレットには、おかあさんが、しずかにお料理《りょうり》をするなんて、できっこないとおもっていました。

つぎの日《ひ》のあさ、きょうは、いよいよ、ポーリーン王女《おうじょ》がやってくる日《ひ》です。町《まち》じゅうのおとなたちと、子《こ》どもたちは、むかしから町《まち》にある、古《ふる》い宮殿《きゅうでん》へとつづく通《とお》りぞいにならびました。ポーリーン王女《おうじょ》は、その宮殿《きゅうでん》に滞在《たいざい》するのです。グラースの人《ひと》たちは、かんげいの花《はな》たばを手《て》に手《て》にもって、しずかに王女《おうじょ》のとうちゃくをまっていました。

すると、とおくから、パッカパッカという、ひづめの音《おと》と、カラカラなる車輪《しゃりん》の音《おと》、パシンパシンという、ムチの音《おと》がきこえてきました。とうとう、ポーリーン王女《おうじょ》をのせた王室《おうしつ》の馬車《ばしゃ》が、グラースの町《まち》へやってきたのです！

王室《おうしつ》の馬車《ばしゃ》の音《おと》は、しばらくもの音《おと》ひとつなかったグラースの町《まち》に、大《おお》きくひびきわたりました。

コレットは、手《て》にもった花《はな》たばのすきまから、やってきた金色《きんいろ》の馬車《ばしゃ》をのぞいてみましたが、まだなかの人《ひと》は見《み》えませんでした。

ポーリーン王女《おうじょ》は、馬車《ばしゃ》をとめるよう命《めい》じ、まどのほうへちかよると、そとをながめました。

町《まち》の人《ひと》たちが、手《て》に花《はな》をもって、しずかにたたずんでいます。

「いったい、どういうこと!?」ポーリーン王女《おうじょ》がさけびました。「これは、王家《おうけ》への反抗《はんこう》？　なによ！　これが王女《おうじょ》を出《で》むかえる態度《たいど》なの？　ちょっと、町長《ちょうちょう》をよびなさい！」

グラースの町長《ちょうちょう》が、あわてて馬車《ばしゃ》へかけより、王女《おうじょ》にふかぶかと頭《あたま》をさげました。

「王女《おうじょ》さま。わたくしめが、町長《ちょうちょう》でございます」町長《ちょうちょう》は、しずかな声《こえ》でいいました。

「おまえの町《まち》の者《もの》たちは、いったいどうなってるんです？」ポーリーン王女《おうじょ》は、おこったちょうしでいいました。「なぜ、この者《もの》たちは、ばかみたいに、ボーッと、立《た》ってるの？　わらわに会《あ》えてうれしくないのか？　なぜ、歓声《かんせい》ひとつあげない？　それに、おまえは、なぜ、そのような小《ちい》さな声《こえ》でしゃべるのだ？　もっと、大《おお》きな声《こえ》を出《だ》しなさい！」

「おそれながらもうしあげます」と、町長《ちょうちょう》はいいました。「王女《おうじょ》さまが、こちらにおおくりになられました伝令《でんれい》によりますと、王女《おうじょ》さまのご健康《けんこう》には、とにかくしずかな場所《ばしょ》がひつようだということでした。そこで、このグラースの者《もの》すべてのほこりであり、よろこびでもある王女《おうじょ》さまのご健康《けんこう》をなによりとかんがえまして、おむかえするにあたり、しずかにかんげいしてい

るしだいでございます。これは、わたくしが作《つく》りましたあたらしい法律《ほうりつ》でございまして、グラースの町《まち》の者《もの》たちは、いま、これにしたがっておるのでございます。ですから王女《おうじょ》さまがこの町《まち》にご滞在《たいざい》のあいだは、このようにしずかにすることとなっております」

「あぁ、そういうこと……」と、ポーリーン王女《おうじょ》はいいました。「よろしい。たいへん、よろしい。そう、わらわは、しずかな場所《ばしょ》ですごさなければならないのです。雑音《ざつおん》ひとつないしずかなところでね。ただ、わらわが、ぶじ、とうちゃくしたのだから、グラースの者《もの》たちは、一《いち》どだけ、『ばんざーい！』と、よろこびの声《こえ》をあげることをゆるします！」

「はっ！　まことにそのとおりで」町長《ちょうちょう》は、そうささやくと、ふりかえって、みんなにむかって大声《おおごえ》でいいました。「みんな！　ポーリーン王女《おうじょ》のために、一《いち》どだけ、『ばんざい！』だ」

「ばんざー……い」グラースの人《ひと》たちは、びくびくしながら、できるだけ大《おお》きい声《こえ》でいいました。

ポーリーン王女《おうじょ》は、手《て》をふってこたえ、そうして、金色《きんいろ》の馬車《ばしゃ》は、またすすみだしました。

ポーリーン王女《おうじょ》が滞在《たいざい》する町《まち》の古《ふる》い宮殿《きゅうでん》は、ポーリーン王女《おうじょ》のひいおじいさんである、ガーグル王《おう》がたてたものでした。そこには、ずいぶん長《なが》いあいだ、だれもすんでいなかったので、庭《にわ》はあれはて、アザミがおいしげり、雑草《ざっそう》やつるも、のびほうだいになっていました。

そこでポーリーン王女《おうじょ》は、つぎの日《ひ》のあさ、町長《ちょうちょう》に伝令《でんれい》をおくりました。それは、ポーリーン王女《おうじょ》が、あさのしずかなひとときをすごすのにぴったりな、木々《きぎ》がたくさんあって、気持《きも》ちのいいこもれびのさす場所《ばしょ》をさがすので、町《まち》をあんないしろ、というものでした。

そして、ポーリーン王女《おうじょ》にえらばれた場所《ばしょ》は、そのまま王女《おうじょ》だけの場所《ばしょ》となり、そこでは、しずかにしなければならない、というのです。

それも、雑音《ざつおん》ひとつないしずけさに、です！

その日《ひ》、コレットは、あさごはんを食《た》べおえると、いつもどおり、そとへあそびにいきました。こねこのシュシュと、おもちゃをいくつかもって、お気《き》にいりの木《き》の下《した》で、おままごとをするのです。

コレットのお気《き》にいりの木《き》は、町《まち》の広場《ひろば》のかどにある、大《おお》きくえだをのばした、せの高《たか》いカシの木《き》でした。コレットは、いつもその木《き》の下《した》にすわり、あみものをしたり、あそんだりしていたのです。

その場所《ばしょ》からは、たにまが見《み》え、そのさきに、あかるい海《うみ》が見《み》えます。さらに、そのカシの木《き》は、通《とお》りからだいぶはなれていたので、だれもわざわざそこまでやってきて、コレットのあそびのじゃまをする人《ひと》は、いませんでした。

コレットは、こねこのシュシュを赤《あか》ちゃん役《やく》にして、古《ふる》いショールでつつみ、ねかしつけようとしていました。と、そのとき、町《まち》の広場《ひろば》に、ポーリーン王女《おうじょ》があらわれたのです。きょうは、金色《きんいろ》のかごにのっていて、ふたりのめしつかいが、そのかごをかついでいました。そばには、町長《ちょうちょう》や医者《いしゃ》、そのほかたくさんのめしつかいがついていました。

町長《ちょうちょう》は、すでに王女《おうじょ》と、町《まち》をあちこちまわって、ポーリーン王女《おうじょ》が、あさのしずかなひとときをすごすのにぴったりな場所《ばしょ》を見《み》せてまわっていました。たとえば、きれいな花《はな》がさいている場所《ばしょ》だとか、あさひがのぼってくるのが見《み》られる場所《ばしょ》だとか、ぎゃくに、ゆうひがしずんでいくのが見《み》られる場所《ばしょ》だとか、はたまた、はれたあさに、アルプス山脈《さんみゃく》がのぞめる場所《ばしょ》だとか、きれいにかがやく海《うみ》がのぞめる場所《ばしょ》だとか。

でも、ポーリーン王女《おうじょ》は、「ここは、ちょっと風《かぜ》がつよすぎる」とか、「ここは、ちょっとあつすぎる」とか、「ここは、ちょっと……」と、いろいろもんくをつけて、どこも気《き》にいってくれませんでした。

町長《ちょうちょう》は、町《まち》の広場《ひろば》にだけは、ポーリーン王女《おうじょ》をつれていきたくありませんでした。なぜなら、そこは、グラースの人《ひと》たちの生活《せいかつ》の中心《ちゅうしん》だったからです。

町《まち》の広場《ひろば》では、まいあさ、市《いち》が立《た》ち、そこでみんなは、食《た》べ物《もの》を売《う》り買《か》いしていました。それに、おとしよりたちがあつまって、きょうのブタ肉《にく》の卸《おろ》し値《ね》は、高《たか》かっただの、ひくかっただのと、いろいろおしゃべりをする場《ば》でもあったのです。

ところが、とうとう、町長《ちょうちょう》は、ポーリーン王女《おうじょ》と、医者《いしゃ》と、そのほかのめしつかいたちを、町《まち》の広場《ひろば》につれていくしかなくなりました。もうほかに見《み》せる場所《ばしょ》がなくなってしまったのです。

やっぱりその日《ひ》も、広場《ひろば》の市《いち》では、たくさんの人《ひと》たちが、食《た》べ物《もの》を売《う》り買《か》いしていました。ただ、売《う》り手《て》も、買《か》い手《て》も、小声《こごえ》ではなさなくてはならないので、たいへんふべんなおもいをしていました。

たとえば、いつもなら、買《か》いものにきたおくさんは、お店《みせ》の主人《しゅじん》に、「このヤギのチーズは、おいくら？　どう見《み》ても、だいぶ古《ふる》そうだけど」と、たずねます。

お店《みせ》のご主人《しゅじん》は、「キロ二《に》フランだから、こいつは三《さん》フランだね」と、こたえます。

するとそれをきいたおくさんは、「キロ二《に》フラン？　ばかおっしゃい！　こんなの、せいぜいキロ一《いち》フランってとこでしょ！」と、大声《おおごえ》でいえるのですが、いまは、このやりとりをささやき声《ごえ》でやらなくてはならないのです。これでは、まったく交渉《こうしょう》になりません。

　そこで、ちかごろでは、買《か》いものにきたおくさんたちは、まず、三《さん》フランのチーズに目《め》をやり、お店《みせ》の主人《しゅじん》に、「このチーズを二《に》フランにしなさい」と、ビシッと、二《に》本《ほん》の指《ゆび》を立《た》てて見《み》せるようになりました。

　みんな、こんな調子《ちょうし》で買《か》い物《もの》をするようになったので、市《いち》では、売《う》り手《て》と買《か》い手《て》が、だまってにらみあい、首《くび》をふったり、指《ゆび》をつき立《た》てたりしているのでした。

町《まち》の広場《ひろば》にあつまったおとしよりたちは、広場《ひろば》をかこむひくい石《いし》がきにこしかけて、こそこそと、おしゃべりをするしかありませんでした。たとえば、ブタ肉《にく》の卸《おろ》し値《ね》のはなしをするにしても、一方《いっぽう》が、ただ「ブタ肉《にく》は？」とだけささやき、もう一方《いっぽう》は、かなしげにかたをすくめ、手《て》のひらを地面《じめん》にさげて見《み》せるのです。それは、きょうの卸《おろ》し値《ね》は安《やす》すぎて、商売《しょうばい》があがったりだ、といういみなのでした。こんなやり方《かた》でないとおしゃべりができないのは、おとしよりたちにとって、やりきれないことでした。

ですから、そのあさ、町《まち》の広場《ひろば》に、ポーリーン王女《おうじょ》が、やってきたのを見《み》たグラースの人《ひと》たちは、顔《かお》をむっつりとさせました。

ポーリーン王女《おうじょ》も、金色《きんいろ》のかごのカーテンのかげで、顔《かお》をむっつりとさせていました。なかなか、あさのしずかなひとときをすごすのにぴったりな場所《ばしょ》が、見《み》つからなかったからです。そのとき町長《ちょうちょう》は、ポーリーン王女《おうじょ》へ、かごのカーテンごしに、グラースの町《まち》の歴史《れきし》についてかたっていたところでした。

と、とつぜん、金色《きんいろ》のかごをかついでいためしつかいが、道《みち》につきでていた、古《ふる》い石《いし》につまずいてしまいました。

「ちょっと！　どうしたの？」ポーリーン王女《おうじょ》が、シャッとカーテンをあけ、頭《あたま》をかごのそとにつきだしました。

「あ、この石《いし》でございますが」と、町長《ちょうちょう》はささやきました。「これは、いまから約二千年《やくにせんねん》まえ、ローマ人《じん》によって、この広場《ひろば》にすえおかれたという、いいつたえがある石《いし》でございます。むかし、この広場《ひろば》で『キャベツ畑《ばたけ》の戦《たたか》い』があった、ということをしめしているのでございます」

「あっ、あそこだ！」ポーリーン王女《おうじょ》が、町長《ちょうちょう》のはなしをさえぎっていいました。

「あそこだ、というのは、どういうことでございましょう、王女《おうじょ》さま」と、町長《ちょうちょう》はささやき声《ごえ》できかえしました。

「あの場所《ばしょ》がよいぞ。あそこを、わらわのあさのひとときをすごす場所《ばしょ》としよう」

ポーリーン王女《おうじょ》はそういって、広場《ひろば》のすみにある、コレットのお気《き》にいりのカシの木《き》を指《ゆび》さしました。

「あぁ、あそこでございますね、王女《おうじょ》さま」それを見《み》た町長《ちょうちょう》は、かなしそうにこたえました。

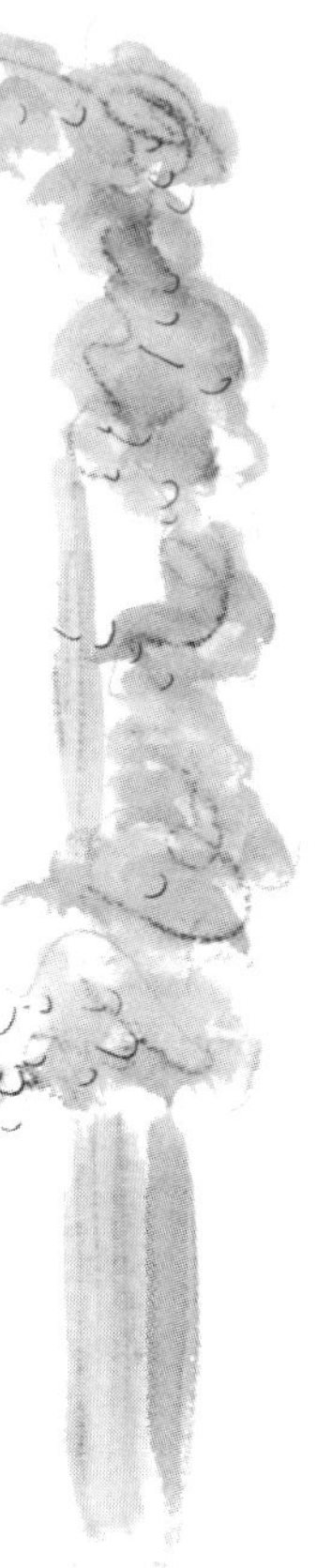

　町長《ちょうちょう》は、そこがコレットのお気《き》にいりの場所《ばしょ》だということしっていたのです。

「さあ、はやく！　わらわをあそこへはこびなさい」ポーリーン王女《おうじょ》は、かごかつぎに命令《めいれい》しました。

　かごかつぎは、こばしりで、カツカツ、カツカツと、ブーツをならし、かごのカーテンをなびかせながら、いそいで広場《ひろば》をよこぎっていきました。それをおって、町長《ちょうちょう》も、医者《いしゃ》も、そのほかのめしつかいたちも、はしっていきました。

かごかつぎは、コレットがいる町《まち》の広場《ひろば》のすみにつくと、そっと金色《きんいろ》のかごをじめんにおろしました。

コレットは、こねこのシュシュをかかえて、これからねかしつけようとしていたところに、とつぜん、みんながやってきたので、とびあがっておどろきました。

そのとき、金色《きんいろ》のかごのカーテンのあいだから、大《おお》きな赤《あか》い鼻《はな》をした、ポーリーン王女《おうじょ》の顔《かお》が、ぬっと出《で》てきました。

ポーリーン王女《おうじょ》の顔《かお》をはじめて見《み》たコレットは、さらにおどろきました。ポーリーン王女《おうじょ》はそうぞうしていた王女《おうじょ》さまと、なんとちがっていたことでしょう！　金色《きんいろ》の長《なが》い髪《かみ》ではありませんでしたし、小《ちい》さい鼻《はな》でもありませんでした。それに、自分《じぶん》とおなじくらいの年《とし》の女《おんな》の子《こ》でもなかったのです。

コレットは、こねこのシュシュを、おもわずうでからおとしてしまい、口《くち》をぽかんとさせたまま、その場《ば》に立《た》ちつくしてしまいました。

それまでコレットのうでのなかで、うとうとしていたシュシュは、とつぜん、草《くさ》の上《うえ》におとされたので、はんぶんショールをかぶったまま、ねぼけまなこをパチクリさせていました。

ポーリーン王女《おうじょ》は、指輪《ゆびわ》をたくさんはめたふとった指《ゆび》で、コレットのいる場所《ばしょ》をさしていいました。

「この場所《ばしょ》よ！　こここそ、かんぺきだわ」

その大《おお》きな声《こえ》におどろいたシュシュは、ショールからはいだして、どこかへはしっていってしまいました。

そのとき、コレットの目《め》は、ポーリーン王女《おうじょ》にくぎづけだったので、シュシュがどこへいってしまったのか、見《み》ていませんでした。

そこへ、医者《いしゃ》がやってきていいました。

「では、しょうしょうおまちください。この場所《ばしょ》が王女《おうじょ》さまにぴったりかどうか、おしらべいたします」

ポーリーン王女《おうじょ》は、こくりと、うなずきました。

医者《いしゃ》は、まず、大《おお》きなカシの木《き》をかこむ、みどりのしばふを見《み》てまわりました。それから、虫《むし》めがねで、カシの木《き》をにゅうねんにかんさつしたあと、鼻《はな》をつきあげて、あたりの空気《くうき》をくんくんとかぎました。そして、さいごに、ポケットから温度計《おんどけい》と湿度計《しつどけい》をとりだすと、かわるがわる高《たか》くもちあげて、それらをじっと見《み》ていいました。

「はい。たしかに、おっしゃるとおりでございます。ここは王女《おうじょ》さまに、まさしくぴったりな場所《ばしょ》でございます。ここらには、毒《どく》のある植物《しょくぶつ》は生《は》えていませんし、空気《くうき》は、きれいでしんせんです。気温《きおん》は、あつすぎませんし、さむすぎません。湿度《しつど》は、ジメジメでも、カラカラでもございません。ほんとうにおっしゃるとおりでございます。ここここそが、あさのしずかなひとときをすごすのに、ぴったりな場所《ばしょ》でございます」

「たいへん、よろしい」と、ポーリーン王女《おうじょ》はいいました。「では、きまりです。町長《ちょうちょう》、そういうことだから、この場所《ばしょ》をまいあさ、きれいにしておきなさい。そして、わらわが、あさのしずかなひとときをすごしているあいだは、この木《き》から半径《はんけい》百《ひゃく》メートル以内《いない》に、だれも立《た》ちいってはなりません。さあ、まずは、いそいでここをきれいにおし。すぐにでも、やすみたいのだから」

「はい、ただいま」町長《ちょうちょう》は、頭《あたま》をさげてこたえました。

「それから、わらわがここにいるあいだは、もちろん、しずかにするように。よいな？　なんの音《おと》も立《た》ててはいけませんよ。雑音《ざつおん》ひとつないしずけさにするのです！」と、ポーリーン王女《おうじょ》は、さけびました。

その声《こえ》は、しりあがりに大《おお》きくなって、さいごの「雑音《ざつおん》ひとつないしずけさにするのです」ということばは、町《まち》じゅうにひびきわたり、ちかくのたにまでとどいたほどでした。

「は、はい。かしこまりました、王女《おうじょ》さま」町長《ちょうちょう》は、かなしげにささやくと、またふかぶかとおじぎをしました。

ですが、町長《ちょうちょう》の頭《あたま》には、しんぱいなことが、いろいろとよぎりました。

あしたから、グラースの人《ひと》たちは、どこで市《いち》を立《た》てたらいいのだろう？　子《こ》どもたちは、どこであそんだらいいのだろう？　おとしよりたちは、どこでおしゃべりをしたらいいのだろう……？

それでも町長《ちょうちょう》は、それらを口《くち》に出《だ》さず、すぐに広場《ひろば》へもどって、ポーリーン王女《おうじょ》の命令《めいれい》を、みんなにささやいてまわりました。

すると、それをきいたお店《みせ》の人《ひと》たちや、買《か》い物《もの》にきた人《ひと》たちは、ぶつぶつともんくをつぶやきながら、荷物《にもつ》をまとめて家《いえ》へかえっていきました。ひくい石《いし》がきにこしかけていたおとしよりたちも、くびをよこにふりながら立《た》ち上《あ》がり、しかめっつらで広場《ひろば》から出《で》ていきました。もちろん、コレットも、あそびどうぐをかたづけて、家《いえ》へかえることにしました。広場《ひろば》を出《で》ていく人《ひと》のなかに、大声《おおごえ》を出《だ》す人《ひと》は、だれもいませんでした。

ところが、町長《ちょうちょう》の家《いえ》のなかだけは、まったくもってしずかではありませんでした！

町長《ちょうちょう》が家《いえ》にかえると、町長《ちょうちょう》のおくさんが、大《おお》きなしゃがれ声《ごえ》で、まくしたててきたのです。

「王家《おうけ》？　王女《おうじょ》さま？　ふんっ、なにさまだっていうんだい。あたいには、しったこっちゃないね！」町長《ちょうちょう》のおくさんはそういうと、こんどはだんなさんが、王女《おうじょ》におじぎをするまねをして、声《こえ》もにせてささやきました。「かしこまりました、王女《おうじょ》さま。おことばですが、王女《おうじょ》さま。……って、ばかばかしいったらありゃしない！　いい？　あたいらの広場《ひろば》をうばう権利《けんり》なんて、たとえ王女《おうじょ》だってありゃしないんだよ！」

「しーっ、しーっ、し――っ！」町長《ちょうちょう》は、そうささやくと、まどのところへはしっていって、ピタンとまどをしめました。「お、おまえは、なんてことをいうんだ。そんなことをいうと、反逆罪《はんぎゃくざい》になるぞ」

「反逆罪《はんぎゃくざい》？　じょうとうだね！」町長《ちょうちょう》のおくさんは、おこったままささやきました。「いい？　あたいが広場《ひろば》の市《いち》にいけないってことはね、食《た》べ物《もの》が買《か》えないってことだよ！　食《た》べ物《もの》が買《か》えないってことはね、料理《りょうり》ができないってことだよ！　料理《りょうり》ができないってことはね、あたいらは、うえ死《じ》にしちまうってことさ！　それで、うえ死《じ》にしちまうってことはね……」

と、そのとき、コレットがだいどころのドアをあけ、顔《かお》をのぞかせました。

「ねぇ……。シュシュって、かえってきた？」と、コレットはききました。「広場《ひろば》でにげだしちゃってから、見《み》てないの」

「あら、どっかにいない？」と、おかあさんがいいました。「たぶん、のきしたじゃないかしら。さがしてごらん」

コレットは、そとに出《で》て、のきしたをのぞいてみました。でも、やっぱりいなかったので、すぐにだいどころへもどってきました。だいどころでは、おかあさんが、まだ、おとうさんにささやき声《ごえ》でおこっていて、おとうさんは、両《りょう》手《て》で耳《みみ》をふさいでいました。

「いなかった」と、コレットがいいました。

「なにが？」と、おかあさんがききました。

「シュシュ……。のきしたにいるっていうから見《み》てみたの」

「あら、そう。でも、たぶんいるかもっていったのよ。じゃあ、庭《にわ》をさがしてごらんなさい。おまえは、シュシュがすきな場所《ばしょ》をしってるでしょ？　きっとシュシュのなきごえがきこえるわよ」

「いえ、きっと、きこえない。だって、シュシュは、あたしがあんだ、ピンクの毛糸《けいと》のマスクをしてるもの」

「あら、たしかに」と、おかあさんはいいました。「じゃあ、いっしょにさがしましょう。しずかにしてなきゃいけないばっかりに、マスクなんかつけさせられて、かわいそうなシュシュ。でも、きっと見《み》つけてあげるわ」

　町長《ちょうちょう》のおくさんは、コレットと、だいどころから出《で》ていこうとしましたが、さいごに町長《ちょうちょう》の方《ほう》へふりかえって「ふんっ！」と、鼻《はな》をならしていいました。

「なにが、しずかに、しずかに、おしずかによ！」

町長《ちょうちょう》のおくさんは、鼻《はな》をツンとてんじょうへむけ、ギロリと町長《ちょうちょう》をにらみつけると、コレットをおって、お勝手《かって》から庭《にわ》へ出《で》ていきました。

コレットとおかあさんは、庭《にわ》のあちこちをさがしまわりましたが、けっきょくシュシュを見《み》つけられませんでした。

「どこいったんでしょうね？」と、おかあさんはいいました。

「おおかた、どこかでバッタでもつかまえてるか、あそびほうけてるんじゃないかしら。でも、きっと、くらくなるまえには、かえってくるわよ。さ、おひるにしましょう」

ところが、よるになっても、シュシュは、かえってきませんでした。それどころか、つぎの日《ひ》も、そのまたつぎの日《ひ》も、かえってこなかったのです。

コレットは、町《まち》じゅうをあてどなくさがしまわりました。そして、あう人《ひと》ごとに、シュシュを見《み》かけなかったかと、ききましたが、みんなは、金《きん》のかごにのったポーリーン王女《おうじょ》が、町《まち》の広場《ひろば》のカシの木《き》の下《した》にきたときから見《み》ていない、とこたえました。

コレットは、ほかのことであそぶ気《き》にもなれず、ずっとシュシュをさがしつづけました。

そんななか、グラースの町《まち》は、あいかわらず、しずまりかえっていました。みんなは、このめいわくな客《きゃく》、ポーリーン王女《おうじょ》のために、とてもふべんな生活《せいかつ》をしいられていたのです。

町《まち》の市《いち》は、広場《ひろば》からすこしはなれた道《みち》のわきに立《た》てられ、みんな、ささやきあいながら、食《た》べものなどを売《う》り買《か》いしていました。

おとしよりたちは、道《みち》ぞいの石《いし》がきにこしかけて、ふきげんそうに、せけんばなしをつぶやいていましたし、子《こ》どもたちは、つまらなそうに、石《いし》がきによりかかっていました。

金床《かなどこ》をたたけなくなったかじ屋《や》や、くぎをうてなくなった大工《だいく》、それから、くつ屋《や》や、ろうそく屋《や》など、しごとができなくなった人《ひと》たちは、ただだまって、おや指《ゆび》をもじもじさせながら、自分《じぶん》たちがふこうであることを、たいどでしめしていました。

町長《ちょうちょう》のおくさんは、ほかのおくさんたちに、ささやき声《ごえ》でいかりをぶちまけ、みんなでそろって、ほそ長《なが》いパンを買《か》うと、せんとうをあるいて町《まち》の広場《ひろば》へとむかい、パンを、まるでこんぼうか、つるぎのようにつき立《た》ててみせました！

町長《ちょうちょう》は、よもや自分《じぶん》のつまが、金色《きんいろ》のかごでゆうゆうと休《やす》んでいるポーリーン王女《おうじょ》に、おそいかかることはあるまいとおもいながらも、どぎまぎして見《み》まもっていました。

そうです。ひとことでいえば、グラースの人《ひと》たちは、みな、ふこうだったのです。

なかでも、グラースの町長《ちょうちょう》が、一《いち》ばんふこうでした。町《ちょう》長《ちょう》は、牛《うし》のくびにさげたすずの音《ね》とか、広場《ひろば》であそぶ子《こ》どもたちの声《こえ》とか、市《いち》でようきにおしゃべりをするおくさんたちのわらい声《ごえ》とか、たのしそうにはたらく職人《しょくにん》たちのすがたなどが、だれよりもこいしかったのです。さらには、石《いし》だたみのほどうをあるく木《き》ぐつの音《おと》とか、犬《いぬ》やねこのなき声《ごえ》さえ、こいしいとおもっていました。

町長《ちょうちょう》は、町《まち》の人《ひと》たちの目《め》をさけるようにして通《とお》りをあるき、家《いえ》にかえったらかえったで、シュシュがいなくなって、かなしそうな顔《かお》をしているコレットの目《め》をさけ、さらには、

おくさんのおこった小言《こごと》がきこえないように、かつらのはしを引《ひ》っぱって耳《みみ》をおおっていました。そして、どうにかしてポーリーン王女《おうじょ》の滞在《たいざい》をおわらせることができないか、すぐにできないにしても、一日《いちにち》でもはやくおわらせることができないかと、あれこれかんがえをめぐらせていたのでした。

　ところが、ポーリーン王女《おうじょ》が、グラースの町《まち》にやってきた三《みっ》日目《かめ》のあさ、とあるじけんがきっかけで、町長《ちょうちょう》のなやみが一気《いっき》にかいけつしたのです。

その日《ひ》、ポーリーン王女《おうじょ》は、あさ一《いち》ばんに、町長《ちょうちょう》へ伝令《でんれい》をおくりました。それは、すぐに、あさのしずかなひとときをすごす場所《ばしょ》へくるように、というものでした。伝令《でんれい》をうけとった町長《ちょうちょう》は、いそいで家《いえ》を出《で》ました。それを見《み》た町《まち》のおくさんや、おとしよりや、子《こ》どもたちは、なにごとだろうと、町長《ちょうちょう》のあとについていき、町長《ちょうちょう》が、ポーリーン王女《おうじょ》におじぎするのを、すこしはなれたところから見《み》ていました。

そのあさ、ポーリーン王女《おうじょ》は、とてもはらを立《た》てていたのです！

「やっときましたね」と、ポーリーン王女《おうじょ》はいいました。

「伝令《でんれい》をいただいて、すぐにまいりました、王女《おうじょ》さま」町長《ちょうちょう》は、ふかぶかとおじぎをしながら、ささやきました。

「よろしい。まあ、よろしい」ポーリーン王女《おうじょ》は、いらいらしながらいいました。「それで、おまえは、おぼえておるだろうな？　わらわが、あさのしずかなひとときをすごすのに、この場所《ばしょ》をしずかにしなければならない、といったことを。それも、雑音《ざつおん》ひとつないしずけさに、です！」

「はい、たしかに……王女《おうじょ》さま」

「そうです、たしかにそういいました。では、すこしだまって、耳《みみ》をすましてごらんなさい」

そこで町長《ちょうちょう》は、だまって耳《みみ》をすましました。町《まち》の人《ひと》たちも、いきをころして、耳《みみ》をすましました。

すると、町長《ちょうちょう》は、どこかちかくで、「ミャオ」という、かすかな声《こえ》をききつけました。

「ほら！　きこえましたか？」と、ポーリーン王女《おうじょ》はさけびました。「ねこがないているではないか！　ねこのなき声《ごえ》が、ひびいておる。ほら、もう一《いち》ど、おきき！」

そこで町長《ちょうちょう》は、また耳《みみ》をすましました。町《まち》の人《ひと》たちも、耳《みみ》をすましました。

すると、またかすかに、「ミャオ、ミャーオ」という声《こえ》がきこえました。

「そういうことです」と、ポーリーン王女《おうじょ》はいいました。「さあ、町長《ちょうちょう》。わらわのあさのしずかなひとときをじゃまする、このおぞましいそう音《おん》をどうしてくれる？」

「王女《おうじょ》さま」と、町長《ちょうちょう》はささやきました。「わが町《まち》のねこには、すべてマスクをつけさせております。おそらくこのねこは、どこかよその町《まち》からきたねこではないかと……」

と、そのとき、コレットが、おとうさんのうわぎのそでを引《ひ》っぱりました。コレットも、おかあさんといっしょに、広場《ひろば》にきていたのです。コレットは、ねこのなき声《ごえ》をきくと、つまさき立《だ》ちで、おとうさんの方《ほう》へちかづき、ポーリーン王女《おうじょ》に、ていねいなおじぎをしてから、おとうさんのうわぎのそでを引《ひ》っぱったのでした。

町長《ちょうちょう》であるおとうさんは、かがみこんで、コレットのはなしに耳《みみ》をかたむけました。

「おとうさん、この声《こえ》、きっとシュシュだわ。シュシュが木《き》の上《うえ》でないてるのよ。たぶん、つけてたマスクをとって、たすけをもとめてるんだわ。あ、見《み》えた！　あそこにいる。ほら、上《うえ》の方《ほう》のえだにすわってないてる」

「わかった、もうしんぱいない。シュシュをたすけてやる」町長《ちょうちょう》は、コレットの耳《みみ》にささやきかえしました。

それから、町長《ちょうちょう》は、ピンとせすじをのばすと、カシの木《き》のこずえを、あちこちとのぞきだしました。

「なんです？　いったい、なにをやってるの？　空《そら》なんかながめてないで、このねこの声《こえ》をなんとかなさい！」と、ポーリーン王女《おうじょ》はいいました。

「おそれながらもうしあげます、王女《おうじょ》さま」町長《ちょうちょう》は、またおじぎをしてささやきました。「どうやら、ねこは、王女《おうじょ》さまの頭《あたま》の上《うえ》の木《き》のえだにいるようです。ずいぶん高《たか》いところにいますので、どうすることもできないのですが、おそらくもうすこししたら、とびおりてくるのではないかと……」

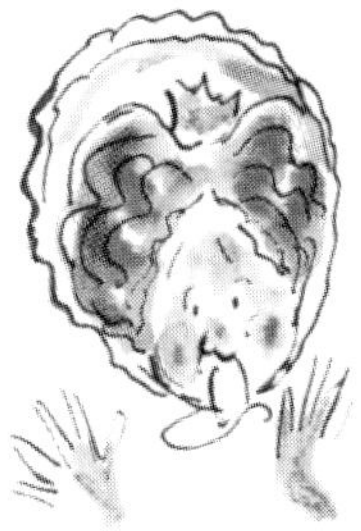

「まぁ！　まぁまぁ！」ポーリーン王女《おうじょ》が大声《おおごえ》をあげました。

「どうすることもできないねこ！　やせいのねこ！　きょうぼうなねこ！　それが、わらわの頭《あたま》の上《うえ》にいて、いまにもとびかかってこようとしている！　たすけて！　はやく、たすけなさい！」

　すると、医者《いしゃ》がさけびました。

「ささ、はやく！　王女《おうじょ》さまをおたすけもうせ！」

「王女《おうじょ》さまをおたすけして！」と、めしつかいたちもさけびました。

かごかつぎが、いそいで王女《おうじょ》のもとへかけつけました。

そして、すぐさまかごをもちあげ、町《まち》の広場《ひろば》からぜんそくりょくでかけだしました。

おかげで、ポーリーン王女《おうじょ》は、まるでさやのなかの豆《まめ》のように、かごのなかでガタガタと、はげしくゆれました。

医者《いしゃ》と、めしつかいたちと、町長《ちょうちょう》は、王女《おうじょ》のかごをおいました。町長《ちょうちょう》は、はしりながら、できるだけ大《おお》きなささやき声《ごえ》でさけびました。

「王女《おうじょ》さま！　お……おとまりください！　あの……ちょっと……ごかいでございます。あの……ちょっと……とまって！」

ところが、かごかつぎたちは、とまらずに、はしりつづけました。ほかの人《ひと》たちも、きょうぼうなねこがこわかったのです。

そして、そのままさか道《みち》をのぼっていくと、
グラースの町《まち》からどんどんとおざかっていきました。

とうとう丘《おか》のてっぺんにたどりつき、かごかつぎは、やっととまりました。長《なが》いのぼりざかを、ずっとはしりつづけたので、いきがきれてしまったのです。かごかつぎは、王女《おうじょ》のかごを地面《じめん》にそっとおろすと、バタンと、のびてしまいました。

町長《ちょうちょう》も、ハアハアいきをきらしながら、ようやく丘《おか》のてっぺんにたどりつきました。

「お、王女《おうじょ》さま。あの……ちょっと……ご、ごかいでございます」

ポーリーン王女《おうじょ》は、かごのカーテンのあいだから、ぬっと頭《あたま》を出《だ》しました。かごのなかでスッテンバッタンと、ころびまわったせいで、王冠《おうかん》がななめにかたむき、たくさんのネックレスが、ごちゃごちゃになって、のどもとでからみあっていました。

「いったい、なに？　なにごとがおこったというの？」と、ポーリーン王女《おうじょ》はさけびました。

「……ん？　ちょっと、まて！　しずかにおし！」

ポーリーン王女《おうじょ》は、町長《ちょうちょう》の方《ほう》をむきながらも、町長《ちょうちょう》のうしろを見《み》つめていました。それからくびをゆっくりふってあたりを見《み》まわすと、つぎに空《そら》を見《み》あげました。

「見《み》なさい……わらわたちは、いま、どこにいる？」と、ポーリーン王女《おうじょ》がいいました。

「これは、カシの木《き》ではないか……それも、こんな大《おお》きい！　おまえの町《まち》のちっぽけなカシの木《き》とは、大《おお》ちがい。こんなにりっぱにのびたカシの木《き》が森《もり》になっておる。まさにここよ。わらわが、あさのしずかなひとときをすごすのにぴったりな場所《ばしょ》は。うん、ここしかないわ」

すると、医者《いしゃ》が、その場《ば》を虫《むし》めがねでかんさつし、あたりの空気《くうき》をくんくんかいで、それから温度計《おんどけい》と湿度計《しつどけい》を出《だ》してしらべはじめました。

「はい、たしかに、ぴったりでございます、王女《おうじょ》さま。まえの場所《ばしょ》よりも、よりすばらしくて、より安全《あんぜん》で、王女《おうじょ》さまのけんこうに、よりよろしゅうございます」と、医者《いしゃ》はいいました。

「そうでしょうね。では、町長《ちょうちょう》」と、ポーリーン王女《おうじょ》はいいました。「もはや、わらわにとって、グラースの町《まち》は、ようがなくなった。これからは、このちかくのやしきにうつって、あさのしずかなひとときをすごすことにする。この雑音《ざつおん》ひとつないしずけさのなかで！」

町長《ちょうちょう》は、気《き》づかれないように、ホッとためいきをつくと、ささやき声《ごえ》でこたえました。

「かしこまりました」

それから、しんこきゅうをひとつすると、つづけていいました。

「王女《おうじょ》さまが、グラースからおさりになるということは、ざんねんのきわみでございます。ですが……」

その口調《くちょう》から、これから町長《ちょうちょう》が、あきらかに、長《なが》いおわかれのあいさつをのべようとしていることがわかりました。

「もう、よいよい。そんな長《なが》たらしいあいさつは」ポーリーン王女《おうじょ》は、町長《ちょうちょう》のはなしをさえぎっていいました。「わらわは、すぐにでも、ここであさのしずかなひとときをすごしたいのだ。町長《ちょうちょう》、では、さらばです。わらわには、しずけさがひつようなのです。そう、雑音《ざつおん》ひとつないしずけさが！」

「はい、王女《おうじょ》さま」町長《ちょうちょう》は、心《こころ》のそこからホッとした顔《かお》が見《み》られないように、これまでいじょうに、ふかぶかと頭《あたま》をさげました。

それから町長《ちょうちょう》は、いそいで丘《おか》をかけおりていきました。そして、王女《おうじょ》から、もう見《み》られないところまでくると、スキップをしはじめました。さらに、もうちょっとすすむと、こんどは、足《あし》どりかるくダンスをしはじめました。それから、またスキップ、そして、ダンス。スキップ、ダンス、スキップ、ダンス、ダンスと、心《こころ》はれやかに町《まち》へかえっていきました。

町長《ちょうちょう》は、また町《まち》の人《ひと》たちが、大声《おおごえ》でしゃべったり、おどったり、うたったりと、すきなだけ、じゆうに、にぎやかな音《おと》を立《た》てることができるようになったとおもうと、うれしくてうれしくてたまりませんでした。

それに、また教会《きょうかい》の鐘《かね》もなりひびくでしょうし、ドアは、バタンとひらいて、荷馬車《にばしゃ》の車輪《しゃりん》は、ガラガラとなることでしょう。子《こ》どもたちは、ボールあそびができるし、かじ屋《や》は金床《かなどこ》をたたき、大工《だいく》はくぎをうつことができます。町《まち》の広場《ひろば》では、また市《いち》がひらかれ、たのしいおしゃべりや、犬《いぬ》やねこやロバのなき声《ごえ》もきけるようになります。

そう、だれもがみんな、気《き》がねなく、ようきな音《おと》を立《た》てて、しあわせにくらすことができるのです。

町長《ちょうちょう》が、町《まち》についたとき、いとおしいグラースの人《ひと》たちは、シュシュを大《おお》きなカシの木《き》からおろそうとしているところでした。

ぶじにおろされたこねこのシュシュは、町《まち》の英雄《えいゆう》としてむかえられました。みんなは、シュシュにむかって、バンザーイと声《こえ》をあげたり、はくしゅをおくったり、おじぎをしたりしました。

そして、はらぺこなシュシュのまえに、ぎゅうにゅうがはいったボウルやおさらが、たくさんならびました。シュシュは、あっというまに、それらをなめつくし、コレットのうでのなかにまるくおさまると、ぐっすりねむってしまいました。

そのあと、町長《ちょうちょう》は、みんなにむかって、「きょうは、町《まち》の祝日《しゅくじつ》とします！」と、せんげんしました。

よろこんだ町《まち》の人《ひと》たちは、バイオリンをかきならし、子《こ》どももおとなも、うたっておどりまわりました。

日《ひ》がくれたころには、町《まち》の広場《ひろば》のまんなかに、大《おお》きな山《やま》ができあがりました。それは、王女《おうじょ》のいう「雑音《ざつおん》ひとつないしずけさ」をつくるために、みんながくつの上《うえ》からはいていた、羊毛《ようもう》のスリッパや、馬《うま》やロバのてい鉄《てつ》にまきつけていたわらのたば、そのほか、音《おと》を出《だ》さないためにつかっていたあらゆるものが、つみあげられたものでした。

そして、町長自《ちょうちょうみずか》ら、広場《ひろば》にはってあった、しずかにするための法律《ほうりつ》を書《か》いたおふれを、山《やま》のてっぺんにのせ、さらにその上《うえ》に、シュシュがはめていたピンクのマスクをのせると、さいごに、たいまつで火《ひ》をつけました。

それは、なんて大《おお》きなたき火《び》になったことでしょう！

町《まち》じゅうの子《こ》どもたちとおとなたちが、大《おお》きなたき火《び》をかこんで手《て》をつなぎ、火《ひ》がきえるまで、また、うたったり、おどったりしました。

そして、町長《ちょうちょう》は、だんじょうにのぼり、みんなにむかって、「こねこのシュシュは、ねこ界《かい》のジャンヌ・ダルクだ！」と、たたえました（町長《ちょうちょう》はそれがどういう意味《いみ》なのかまでは、せつめいしませんでしたが、ジャンヌ・ダルクのことをしっている、おとしよりたちは、うんうんと、うなずきました）。

そうして、町《まち》の人《ひと》たちは、ブーツや木ぐつで、石《いし》だたみのほどうを、カタカタ、コトコトならしながら、家《いえ》へかえっていきました。そして、日《ひ》ごろ、いびきをかく人《ひと》は、なにも気《き》にすることなく、大《おお》いびきをかいてねむりました。

それからも、グラースの人《ひと》たちは、町《まち》をすくってくれた、シュシュへのかんしゃをわすれませんでした。シュシュが、はらぺこのまま、ひとりさびしく三日二晩《みっかふたばん》をすごしたカシの木《き》に、小《ちい》さな銅板《どうばん》がはりつけられたのです。

その銅板《どうばん》は、町《まち》のかじ屋《や》がつくったもので、シュシュの似顔絵《にがおえ》とともに、このような言葉《ことば》がきざまれていました。

英雄《えいゆう》シュシュ
偉大《いだい》なる勇気《ゆうき》と、不屈《ふくつ》の精神《せいしん》をもって、
グラースのために、永遠《えいえん》に忘《わす》れられぬ
偉業《いぎょう》を成《な》し遂《と》げたことを
ここに記念《きねん》する

ざんねんなことに、いまのグラースの町《まち》には、このシュシュをたたえる銅板《どうばん》のついたカシの木《き》は、もうのこっていません。

それからずっとずっとあとになって、この木《き》にかみなりがおちて、たおれてしまったのです。

でも、グラースの人《ひと》たちは、けっしてシュシュのことをわすれませんでした。そのしょうこに、いまでも、グラースで生《う》まれたねこで、ハエをおいまわしたり、バッタをつかまえたりするのがとくいなこねこは、偉大《いだい》なる英雄《えいゆう》にあやかって、シュシュと名《な》づけられているのです。

それから、ポーリーン王女《おうじょ》も、わすれられていませんでした。王女《おうじょ》が、町《まち》の広場《ひろば》を出《で》ていったあとに、あさのしずかなひとときをすごしたカシの木《き》の森《もり》は、いまものこっていて、そこは〈ポーリーン王女《おうじょ》の庭《にわ》〉と、よばれています。

ところが、グラースの人《ひと》たちは、めったにそこへいきませんでした。「あの長《なが》いさかをのぼっていくには、きょうは、ちと、あつすぎるからな」といって、ちかづこうとしないのです。ですが、グラースの町《まち》は、いつだってあついのでした。

それから、みんなが〈ポーリーン王女《おうじょ》の庭《にわ》〉へいかない、もうひとつの理由《りゆう》は、そこが、しずかすぎるからでした。なんというか……さびしいくらいしずかというか……とにもかくにも

「雑音《ざつおん》ひとつないしずけさ」なんですって!

(おしまい)

作：**ルイス・スロボドキン**　(Louis Slobodkin 1903-1975)

アメリカのニューヨークに生まれる。美術大学を卒業後、彫刻家となったが、エスティスの「モファットきょうだい」シリーズに挿絵を描いたのをきっかけに、子どもの本を手がけるようになる。『たくさんのおつきさま』(徳間書店) でコルデコット賞を受賞。作品に『てぶくろがいっぱい』(偕成社)、『さかさ町』(岩波書店)、『おうさまのくつ』『カルペパー一家のおはなし』『ふたごのカウボーイ』『ヤナギ通りのおばけやしき』『歌のにがてな人魚』(いずれも小舎刊) など多数。

訳：**小宮 由**　(こみや ゆう 1974-)

東京都生まれ。翻訳家。

東京・阿佐ヶ谷で家庭文庫「このあの文庫」を主宰。

祖父は、トルストイ文学の翻訳家 北御門二郎。

主な訳書に『ちいさなメリーゴーランド』『おうさまのくつ』『ふたごのカウボーイ』『ヤナギ通りのおばけやしき』『歌のにがてな人魚』『ねむれないおうさま』『あおいジャッカル』(以上、小舎刊)『さかさ町』「テディ・ロビンソン」シリーズ (以上、岩波書店刊) などがある。

コレットとわがまま王女《おうじょ》　2021 年 7 月 1 日初版発行

作◆ルイス・スロボドキン
訳◆小宮 由
デザイン◆井上 もえ
発行者◆井上 みほ子
発行所◆株式会社瑞雲舎
〒108-0074　東京都港区高輪 2-17-12-302
TEL 03(5449)0653/FAX 03(5449)1301
印刷・製本◆シナノ書籍印刷株式会社
Translation © 2021 Yu Komiya　Printed in Japan

NDC933 /ISBN 978-4-907613-36-5